20.-

ELS INCREÏBLES ENIGMES DE SHERLOCK HOLMES

Textos: Sandra Lebrun
Il·lustracions: Gérald Guerlais

LAROUSSE

ÍNDEX

Presentació 3

Personatges 4

Els increïbles enigmes de Sherlock Holmes 6-85

Solucions 86

PRESENTACIÓ

Sherlock Holmes és un personatge de ficció famós. Apareix a finals del segle XIX en novel·les i relats curts que tenen un gran èxit. El seu autor és l'escriptor britànic Arthur Conan Doyle. Més tard, les seves aventures es van adaptar, nombroses vegades, al cinema i a la televisió, al teatre, en còmics i, fins i tot, en jocs. A cada història, Sherlock Holmes resol els casos policials més complicats, gràcies al seu cèlebre sentit de la deducció.

En aquest llibre, seguiràs la pista del detectiu i dels seus amics en les seves aventures i els ajudaràs a resoldre 80 enigmes de tot tipus: codis secrets, endevinalles, jeroglífics, càlculs, mots encreuats... Per comprovar si has trobat la resposta correcta, pots consultar les solucions que trobaràs al final del llibre.

Diverteix-te amb el detectiu privat més famós del món!

PERSONATGES

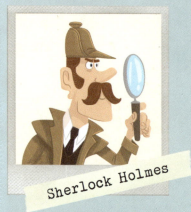

Aquest detectiu privat està dotat d'una memòria excel·lent. Sempre duu una lupa i el seu famós barret de caçador (*deerstalker*). En els casos que investiga, acostuma a anar acompanyat del seu amic, el doctor Watson.

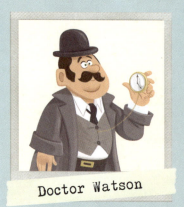

És amic del detectiu Sherlock Holmes. Comparteixen un apartament al número 221B de Baker Street, a Londres. Junts, miren de resoldre enigmes i casos policials.

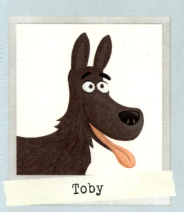

En Toby té olfacte per dirigir Sherlock Holmes cap a la pista correcta.

És la mestressa de l'apartament on viuen Sherlock Holmes i el doctor Watson. És summament ordenada

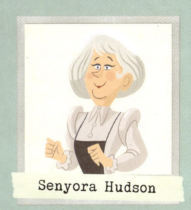

Senyora Hudson

És un dels millors inspectors de Scotland Yard, el cos de policia de Londres. És menys llest que Sherlock Holmes, però tot i així és molt eficaç a l'hora de resoldre els casos.

Inspector G. Lestrade

Enemic acèrrim de Sherlock Holmes i, per descomptat, de tot el cos de policia.

Professor J. Moriarty

MISTERI A LA MANSIÓ MALONE

núm. 1

Lady Malone acaba de ser apunyalada. En arribar a l'escena del crim, Daisy, la secretària de la víctima, rep Sherlock Holmes.
Mentre inspecciona la mansió, el senyor Malone demana a Mary, la majordoma, que porti una beguda al detectiu, qui se n'alegra perquè poques vegades té una rebuda tan amable.

Per últim, descobreix aquesta carta amagada entre els llibres de la biblioteca:

Ja saps quin és el nom del culpable?

SOLUCIÓ P. 86

PETJADES DE GOS

núm. 2

Al doctor Watson li ha caigut a terra la carta que li ha enviat Sherlock Holmes. En Toby l'ha trepitjada sense voler amb les potes brutes. Per llegir-la, cal substituir cada petjada per la lletra corresponent.

SOLUCIÓ P. 86

núm. 3

SORTIDA

L'inspector Lestrade busca per on es pot haver escapat Moriarty. Per descobrir-ho, ha d'escriure el nom de cada part de la casa als mots encreuats amb l'ajuda dels números. La resposta apareixerà a la columna de color.

3. Balcó
5. Celler
6. Saló

2. Lavabo
1. Garatge
4. Finestra

SOLUCIÓ P. 86

NOVA MISSIÓ

Sherlock Holmes comunica al doctor Watson que han de marxar a fer una missió.

Aquesta és la manera com li indica quina és la destinació:

La meva primera és un verb per descriure un tercer,

La meva segona segueix a tac, tec i tic,

La meva tercera és una altra manera de dir un arbre de dues lletres,

El meu tot és la capital on anem a resoldre el cas.

De quina ciutat es tracta?

SOLUCIÓ P. 86

núm. 5

IL·LEGIBLE

Scotland Yard acaba de rebre una pista en forma de missatge codificat que indica on hi ha amagat el botí d'una banda de gàngsters. L'inspector Lestrade no l'arriba a llegir però, per sort, Sherlock Holmes no és gaire lluny.

El podries ajudar, sabent que aquest missatge conté la paraula «sota»?

```
FMT CJUMMFUT TPO
TPUB MB DBUJGB.
```

PISTA

Retrocedeix cada lletra un lloc en l'ordre alfabètic.

SOLUCIÓ P. 86

EL MERESCUT DESCANS

núm. 6

Després de passar-se una setmana mirant de resoldre un cas difícil, Sherlock Holmes es posa a jugar a dards amb el seu amic el doctor Watson. El seu company llança el primer dard i el clava al 19. L'objectiu és sumar un total de 39 punts. Li queden dos tirs, que s'han de clavar en dos sectors de colors diferents. Atenció, els tres dards no poden ser en un mateix sector ni en sectors veïns.

On els ha de llançar?

SOLUCIÓ P. 86

núm. 7

DESTINACIÓ

Sherlock Holmes ha arribat massa tard per detenir el professor Moriarty, que s'ha escapat a bord d'un vaixell. El detectiu interroga aleshores un mariner sobre la direcció del paquebot. Això és el que li respon:

> La meva primera part entreté agradablement,

> La meva segona és una persona amb molts diners,

> El meu tot és la destinació de l'embarcació,

> Es tracta d'un continent,

> Va ser descobert per en Colom.

Què vol dir el mariner?

SOLUCIÓ P. 86

EL LLOC ÉS IMPORTANT

núm. 8

Sherlock Holmes té una sèrie de pistes per trobar l'escena del crim. Sap que ha de col·locar aquestes paraules als mots encreuats i després ordenar les lletres de les caselles de color per aclarir el misteri.

El pots ajudar?

teclat
ulleres
rellotge
catifa
gerra
funda

PISTA
Fixa't en el nombre de lletres que té cada mot.

El lloc que busca és:

SOLUCIÓ P. 86

núm. 9

PUNXA UNA MICA

En arribar al lloc del crim, Sherlock Holmes observa l'escena i troba que hi ha diversos objectes. No sap quin d'ells és l'arma del crim. En aquell moment, una pedra trenca el vidre de la finestra. El detectiu recull el projectil, que té una pista gravada a sobre:

«Travessa amb les puntes les dents de qualsevol persona»

Així doncs, quina és l'arma del crim?

SOLUCIÓ P. 87

CADA COSA AL SEU LLOC

La senyora Hudson posa una mica d'ordre al despatx del doctor Watson. A l'etiqueta de cada capsa hi escriu el nombre d'objectes que hi ha ficat. Cada número correspon també a la suma de les dues xifres que hi ha just a sota.

La pots ajudar a completar les etiquetes?

núm. 10

SOLUCIÓ P. 87

núm. 11

FOTO DE FAMÍLIA

Per tal que la investigació pugui avançar, el detectiu privat ha de completar la seqüència lògica següent. Les quatre lletres que falten li permetran afegir un sospitós a la llista.

Podries ajudar Sherlock Holmes?

G – F – ... – ... – ... – J – J – ... – S – O – N – D

PISTA
En un any n'hi ha dotze.

SOLUCIÓ P. 87

UN AIRE DE FAMÍLIA

núm. 12

Una testimoni arriba a Scotland Yard. Lestrade la reconeix de seguida. Es tracta de la filla del germà de l'inspector.

Has endevinat quin parentesc té aquesta persona amb l'inspector?

SOLUCIÓ P. 87

FOTO TALLADA

núm. 13

El professor Moriarty ha volgut destruir una prova trencant la foto següent. Sherlock Holmes vol col·locar les tires en l'ordre correcte per recompondre la imatge original i descobrir a què es dedica el còmplice.

El pots ajudar?

El còmplice és:

_ _ _ _ _ _ _ _

SOLUCIÓ P. 87

LA DIRECCIÓ CORRECTA

núm. 14

De camí cap a l'estació, el doctor Watson es creua amb tres policies acompanyats de tres gossos.

Sabries dir quantes persones van cap a l'estació?

SOLUCIÓ P. 87

PRECAUCIÓ

Per entendre el que explica el detectiu al doctor Watson, desxifra el jeroglífic.

EMPREMTES DACTILARS

núm. 16

Sherlock Holmes treu la lupa per observar detingudament unes empremtes dactilars de prop. Les dues que són exactament iguals són les que pertanyen a Moriarty.

Pots ajudar-lo a trobar-les?

SOLUCIÓ P. 87

EL DIA D

Sherlock Holmes no sap quan el temible Moriarty cometrà la propera temptativa de robatori a un immoble. Per casualitat ha sabut que passarà a l'acció un dia que té dues síl·labes i que és al mig de dos dies que en tenen tres.

Quin dia serà?

SOLUCIÓ P. 87

núm. 19

MEITAT I MEITAT

Acaba de desaparèixer la meitat d'un gerro xinès d'un valor incalculable. L'altra meitat és davant dels ulls dels policies de Scotland Yard, entre d'altres gerros trencats.

Ajuda'ls a unir els trossos per trobar a quin gerro li falta la meitat.

SOLUCIÓ P. 88

DESCRIPCIÓ

núm. 20

Sherlock Holmes és rere la pista d'un sospitós.
No és ni el més baix ni el més alt. No és al costat del que
duu un barret, no porta corbata ni té els ulls blaus.

L'has reconegut?

SOLUCIÓ P. 88

PERILLÓS

Moriarty va irrompre amb força a la sala. Hi ha diversos objectes per terra, però Sherlock Holmes no sap quin va fer servir per entrar-hi, així que l'inspector Lestrade li dona l'única informació que han obtingut del còmplice: «Sempre que se separen després tornen a estar juntes».

Saps de quin objecte està parlant Lestrade?

VETES I FILS

Sherlock Holmes inspecciona els calaixos a la recerca d'una pista. Comença pel calaix P. Per saber on ha de mirar després, cal que trobi el calaix que conté un objecte que també hi ha entre els objectes del calaix P, i així sucessivament.

Ves apuntant les lletres de cada calaix i, d'aquesta manera, trobaràs la pista que ha de seguir.

SOLUCIÓ P. 88

núm. 23

EL PLÀNOL CORRECTE

Moriarty ha robat els plànols del castell, però només n'hi ha un que es correspon exactament amb l'edificació. Observant la forma exterior del castell i comparant-la amb els plànols, hauria de trobar quin és el correcte.

I tu, ja has trobat el plànol de veritat del castell?

PISTA
Cada cercle correspon a una torre.

SOLUCIÓ P. 88

BRILLANT!

núm. 24

El gos Toby ha trobat totes les pedres precioses que va robar Moriarty. Sherlock Holmes sap que totes són falses, tret d'una. Però, de quina es tracta? Per trobar-la, ha d'escriure als mots encreuats el nom de cada pedra i després unir les lletres de les caselles de color. Així la trobarà!

El pots ajudar?

Pedres precioses:
Ambre
Diamant
Maragda
Perla
Quars
Robí
Safir

PISTA
Fixa't en el nombre de lletres de cada paraula i amb quines es creua.

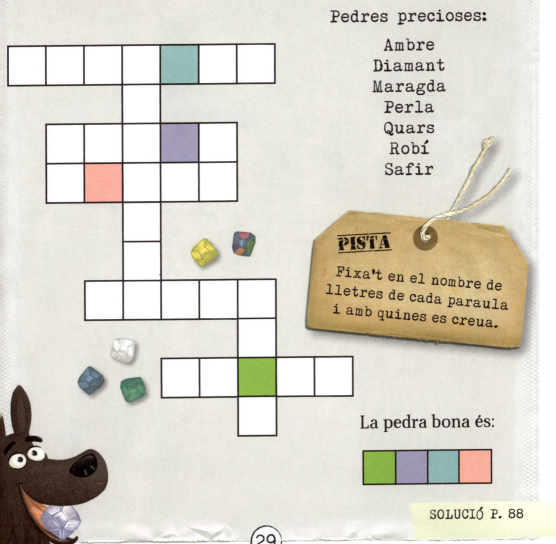

La pedra bona és:

SOLUCIÓ P. 88

núm. 25

CURIÓS

Sherlock Holmes interroga un testimoni, que sembla parlar d'una persona que ha vist, però el que explica no dona gaires pistes al detectiu.

De qui parla aquest testimoni?

PISTA
És un joc de paraules... I tu també és possible que l'hagis vist aquest matí.

He vist un carterista amb cartes!

SOLUCIÓ P. 88

MISSATGE INCOMPRENSIBLE

núm. 26

El doctor Watson acaba de rebre una pista en forma de missatge codificat. La pista indica quan tindrà lloc el robatori d'un quadre del Museu Britànic.

Podries ajudar-lo a descodificar-la sabent que aquest missatge conté la paraula «quan»?

```
5.12 12.12.1.4.18.5
5.14.20.18.1.18.1
17.21.1.14 5.12
7.21.1.18.4.9.1
19.1.4.15.18.13.9
```

PISTA

Substitueix cada número per la lletra que li correspon en l'ordre alfabètic.

SOLUCIÓ P. 88

ENGLISH

Per avançar en la investigació, Sherlock Holmes ha de completar aquesta seqüència lògica. Les dues lletres que falten li mostraran la pista que ha de seguir.

... - T - T - F - F - ... - S - E - N - T

Podries indicar-li quina és d'entre els objectes següents?

PISTA
Cal saber comptar en anglès.

HORA DE COMPARTIR

núm. 28

El professor Moriarty comparteix el botí amb els seus còmplices. Reparteix els bitllets i escriu a cada sobre la quantitat que els ha donat. El número correspon també a la suma dels dos sobres que hi ha just a sota. Moriarty tria quedar-se amb el sobre blau.

Pots calcular quant guanyarà?

SOLUCIÓ P. 89

CONEGUT

Algú truca a la porta del 221B de Baker Street. La senyora Hudson el reconeix. És el fill del pare de la senyora Hudson.

Has endevinat el parentesc que té aquesta persona amb la senyora Hudson?

SOLUCIÓ P. 89

LA LLISTA

núm. 30

Sherlock Holmes té una llista de sospitosos. Per conèixer el culpable, ha d'escriure cada paraula de la llista següent als mots encreuats, amb l'ajuda de les xifres. Aleshores veurà a la columna de color la professió de la persona que busca. Qui és el culpable?

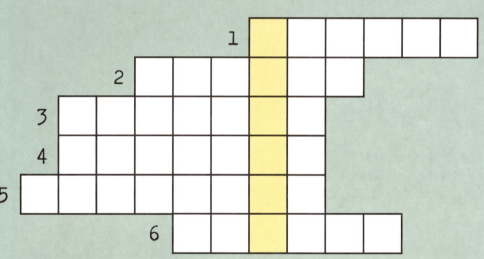

4 - Artista
1 - Porter
6 - Ferrer
3 - Cantant
5 - Escultor
2 - Lutier

SOLUCIÓ P. 89

núm. 31

ENSUMA, TOBY, ENSUMA!

El gos Toby segueix la pista de Moriarty. Per ajudar-lo a anar de la paraula MASTÍ a ENSUM, troba el terme corresponent a cada definició. A cada mot has de conservar les mateixes lletres de la paraula anterior. Les pots barrejar i afegir-ne o treure'n una.

Ets capaç d'arribar fins a la paraula ENSUM?

1 - Raça de gos.
2 - Abans del migdia.
3 - Escac i...
4 - Al final del braç.
5 - Primera lletra de l'alfabet.

6 - Què diu la vaca?
7 - Joc de cartes.
8 - La primera de les quatre regles.
9 - Acció d'ensumar.

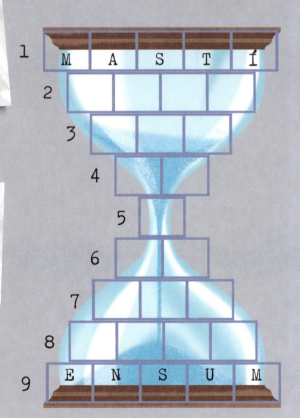

SOLUCIÓ P. 89

FOC!

núm. 32

El pànic s'ha apoderat de Baker Street. S'acaba de declarar un incendi a Londres i cada hora que passa és el doble de gran. En sis hores, l'incendi ja ha arrasat la meitat de la ciutat!

Sabries dir quant temps cal perquè el foc acabi amb tota la ciutat?

SOLUCIÓ P. 90

OBRE'T, SÈSAM!

Moriarty sap que el tresor s'amaga rere aquesta porta. Té diverses claus, però no sap quina és la bona. Comparant les dents de cada clau amb el forat del pany, acabarà per trobar quina obre la porta.

L'ajudes?

EL BUIT

núm. 34

Sherlock Holmes entrena el doctor Watson a despertar el seu instint deductiu. Li ensenya un got i li diu: «Es troba en un got, un gerro i un bol, però mai en un vas». El doctor Watson ha de reflexionar...

I tu, ja ho has trobat?

PISTA
Fixa't en les lletres de cada paraula.

SOLUCIÓ P. 90

PERSECUCIÓ

núm. 35

Sherlock Holmes acaba de trobar un paper estripat. Quan recompon les paraules de la llista li sobren dos trossos, que indiquen la pista que ha de seguir. Ajuda'l a trobar la paraula que no forma part de la llista.

Arbreda - Campanya - Boscatge - Pineda - Matoll

SOLUCIÓ P. 90

EL DIA CORRECTE

núm. 36

Sherlock Holmes i el doctor Watson pretenen començar una nova investigació demà.
És l'únic dia que no s'escriu amb essa.

De quin dia es tracta?

SOLUCIÓ P. 90

EL LLIURAMENT

El doctor Watson explica el que succeeix a Sherlock Holmes. Per entendre el que vol dir, desxifra el jeroglífic.

SOLUCIÓ P. 90

ELS NUSOS

Moriarty duu una corda per escapar. En el moment de treure-la de la maleta, s'adona que ha quedat ben embolicada. Si estira d'una de les puntes, alguns nusos es desfaran però d'altres es faran més forts.

Quants nusos hi haurà a la corda?

SOLUCIÓ P. 90

DESCOBERTA

El doctor Watson llegeix al diari que uns nens acaben de descobrir una nova cova prehistòrica. Les fotos mostren unes pintures magnífiques: hi veiem rens, empremtes de mans, la silueta d'un diplodocus, una escena de la caça del mamut... Watson ensenya el diari al seu amic Sherlock Holmes qui, immediatament, esclata a riure i li diu que es tracta d'una cova falsa.

Per què Sherlock Holmes pensa això?

SOLUCIÓ P. 90

LA PROVA

núm. 40

El gos Toby ha trobat una pista. Sherlock Holmes ha d'escriure cada paraula de la llista següent als mots encreuats, amb l'ajuda de les xifres. Així a la columna de color descobrirà l'objecte que ha trobat en Toby.

El podries ajudar?

2 - Empremta
3 - Senyal
6 - Pista
4 - Detall
8 - Rastre
5 - Prova
7 - Gest
1 - Marca

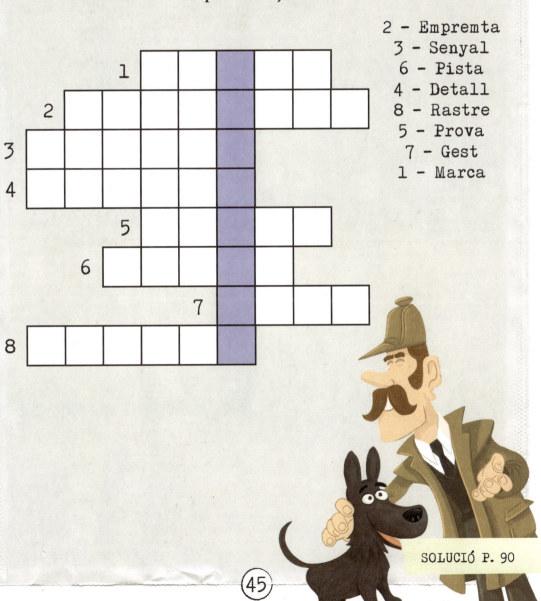

SOLUCIÓ P. 90

TAQUES DE TINTA

núm. 41

Al doctor Watson li ha caigut el tinter sobre el missatge enviat per Sherlock Holmes. Per llegir-lo, ha de substituir cada taca per la lletra corresponent.

Ajuda el doctor Watson a llegir aquesta carta.

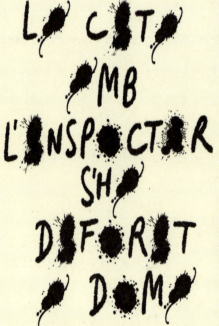

SOLUCIÓ P. 90

LA BOTA

núm. 42

El doctor Watson acaba de rebre una carta de Sherlock Holmes, on l'indica en quin lloc es troba en aquest moment. Això és el que li ha escrit el detectiu:

> La meva primera és la novena lletra de l'alfabet,

> La meva segona és un possessiu femení,

> La meva tercera es troba dins d'aliança,

> El meu tot és el país des d'on t'escric.

Saps on es troba Sherlock Holmes?

SOLUCIÓ P. 91

núm. 43

PRECIPITACIÓ

En sortir fugint, a la còmplice de Moriarty li ha caigut un objecte. L'estudi de les empremtes dactilars ha permès al detectiu conèixer a qui pertany aquest objecte. Però el doctor Watson no sap encara de què es tracta. Sherlock Holmes es diverteix i li diu com a pista:

«Pot ser de vi, de goma o de muntar».

De quin objecte es tracta?

SOLUCIÓ P. 91

MISSATGE INTERCEPTAT

núm. 44

El guàrdia de la presó acaba d'interceptar un missatge codificat que un presoner mirava de fer arribar a un altre.

El podries ajudar a entendre'l, sabent que aquest missatge conté la paraula «cartes»?

PISTA
Retrocedeix cada lletra un lloc en l'ordre alfabètic.

FOT WFJFN BM QBUJ QFS KVHBS B DBSUFT?

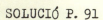
SOLUCIÓ P. 91

LA CÒMPLICE

El professor Moriarty ha tornat a destruir una prova estripant aquesta foto. Sherlock Holmes en recompon els trossos en l'ordre correcte per saber qui surt a la imatge original i descobrir a què es dedica la còmplice.

L'ajudes?

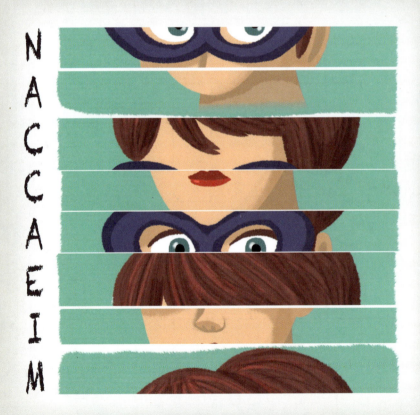

La còmplice és:

- - - - - - - - -

BIBLIOTECA

núm. 46

L'inspector Lestrade busca una pista amagada a la biblioteca, però no sap en quin llibre. Per trobar-la, ha d'escriure els tipus d'obra als mots encreuats i després agafar les lletres de les caselles de color i posar-les en ordre.

Àlbum - Receptari - Manuscrit - Poemari - Novel·la

PISTA
Fixa't en el nombre de lletres de cada paraula.

El llibre que busca és un:

TROBADA

El doctor Watson passeja per la riba del Tàmesi
i es creua amb una persona que reconeix a l'instant.
És el fill de la germana del doctor.

Has endevinat quin parentesc té aquesta
persona amb el doctor Watson?

DESCANS

núm. 48

Sherlock Holmes i el seu estimat Watson queden per jugar a dards, com fan habitualment. El detectiu llança el primer i el clava al 15. El seu objectiu és sumar un total de 32 punts. Li queden dos dards, que s'han de clavar en dos sectors de colors diferents. Vigila perquè els tres dards no poden quedar en un mateix sector ni en dos sectors veïns.

On els ha de llançar?

SOLUCIÓ P. 91

núm. 49

EXPERIMENT

Per dur a terme el seu experiment, el doctor Watson ha fet servir una espàtula, una proveta, un morter i per acabar...

Què farà servir, un embut o una pipeta?

PISTA

Compta el nombre de lletres de cada estri. Hi ha una seqüència lògica amagada!

SOLUCIÓ P. 92

REBOMBORI

Això sembla una olla de grills! L'inspector Lestrade ha arribat al museu, però no entén res, perquè tothom parla a la vegada.

Posa a cada personatge la bafarada que li correspon.

núm. 50

SOLUCIÓ P. 92

AMAGATALL

El professor Moriarty ha enterrat les joies al jardí. Ha tapat cada forat amb una pedra. A cada pedra hi ha escrit el nombre de joies sepultades. Cada número correspon a la suma de les dues pedres que té just a sota.

L'ajudes a completar totes les pedres?

PETJADES

núm. 52

Sherlock Holmes ha tret la lupa per observar de prop les petjades que han quedat a terra. Les de Moriarty i el seu còmplice són les úniques amb els dos peus perfectament simètrics.

L'ajudes a trobar-les?

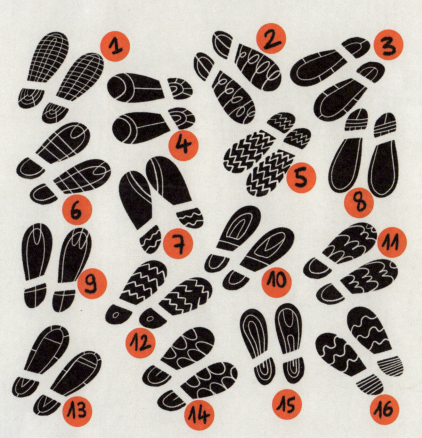

SOLUCIÓ P. 92

INTERROGATORI

L'inspector Lestrade interroga tres assaltants. El problema és que no fan més que dir mentides. El primer acusa el segon, el segon ho confessa tot i el tercer acusa el primer.

A qui cal detenir?

ACUSACIÓ

El còmplice ho confessa tot a Sherlock Holmes.
Per entendre el que diu, desxifra el jeroglífic.

SOLUCIÓ P. 92

núm. 55

VIDRE TRENCAT

En fugir per la finestra, Moriarty ha trencat un vidre.
Entre els trossos de vidre escampats per terra,
Sherlock Holmes s'ha fixat que n'hi ha un de més.
Quina cosa més estranya!

L'has trobat?

PISTA

Calca els trossos de vidre i posa'ls sobre la finestra.

SOLUCIÓ P. 92

COM?

núm. 56

Un testimoni ha enviat una carta a Sherlock Holmes, però estava tan atemorit que l'ha omplert de taques de tinta.

Pots ajudar Sherlock Holmes a desxifrar la carta gràcies al codi?

SOLUCIÓ P. 92

CADA COSA AL SEU TEMPS

Fa molt que Sherlock Holmes espera agafar-se un dia de descans amb el seu amic, el doctor Watson. Serà el dia que té menys lletres de tots els dies de la setmana.

Ja saps quan podran descansar?

QUI ÉS QUI?

núm. 58

El professor Moriarty ha reunit diversos malfactors. En Tatu es troba entre en Toti i en Papu. En Toti és entre en Tatu i en Peti. En Papu és al costat d'en Poti. En Peti és el primer per l'esquerra.

Sabries identificar quin és el nom de cada un?

SOLUCIÓ P. 92

núm. 59

POSANT ORDRE!

En ordenar les coses de Sherlock Holmes, la senyora Hudson troba el que el detectiu buscava desesperadament. Per descobrir de què es tracta, escriu les paraules als mots encreuats, amb l'ajuda de les xifres. Després, en tindràs prou amb llegir la columna de color.

2 - Anell
3 - Armilla
1 - Bufanda
4 - Corbata

7 - Guants
6 - Tinter

Has trobat el que mister Holmes havia extraviat?

SOLUCIÓ P. 93

EXAMEN MINUCIÓS

núm. 60

Sherlock Holmes col·loca totes les pistes en un ordre molt precís sobre la taula: una bombeta, un caramel, una dentadura, una polsera...

Quina és la pista següent, el tinter o la sabata?

PISTA
Fixa't per quina lletra comença cada pista.

SOLUCIÓ P. 93

núm. 61

LA FUGIDA

Moriarty ha robat els plànols de la presó per ajudar els seus còmplices a escapar. Però només n'hi ha un que es correspongui exactament amb l'edifici. Si observa la forma exterior de la presó i la compara amb els plànols, segur que troba quin és.

I tu, ja saps quin és el plànol correcte de la presó?

SOLUCIÓ P. 93

L'OBJECTE PERDUT

El gos Toby s'ha endut una cosa que pertany a la senyora Hudson... La pobra està remenant tots els calaixos! Comença pel primer calaix, a dalt a l'esquerra, i passa al que té un objecte en comú, i així sucessivament.

Ves escrivint les lletres de cada calaix per descobrir el que en Toby ha pispat.

núm. 62

SOLUCIÓ P. 93

EM VE DE GUST!!!

Sherlock Holmes mira el doctor Watson i li diu: «Tinc ganes d'una cosa que tenen en comú l'aiguardent i l'aiguarràs, però no la colònia». El doctor Watson, qui ha entès a la perfecció la broma del seu amic, s'aixeca i entra a la cuina...

Què hi va a buscar?

PISTA
Fixa't en les lletres de cada paraula.

DE TORNADA

núm. 64

Sherlock Holmes torna a casa. Per anar del TÀMESI a la seva MANSIÓ, troba la paraula que correspon a cada definició. A cada una, has de conservar les mateixes lletres que hi ha a l'anterior. Les pots barrejar i afegir-ne o treure'n una.

1. Riu de Londres.
2. Relats fabulosos.
3. Et fa por.
4. L'any en té dotze.
5. En tens una a cada braç.
6. Tretzena lletra de l'abecedari.
7. Carta que ho guanya tot.
8. Casa de pagès.
9. Més d'un propietari.
10. Malson sense ela.
11. La de Sherlock és al 221B de Baker Street.

SOLUCIÓ P. 93

MISSATGE CURIÓS

núm. 65

Dos còmplices s'envien missatges secrets. Per ajudar l'inspector a descobrir on es veuran, desxifra aquest missatge, que conté la paraula «porta».

5,14,19 22,5,9,5,13 1
12,1 16,15,18,20,1 4,5
12,1 19,15,18,20,9,4,1
4,5 12'5,19,7,12,5,19,9,1

Ja saps on han quedat?

PISTA

Substitueix cada número per la lletra corresponent en l'ordre alfabètic.

SOLUCIÓ P. 94

TANCAT

Moriarty ha robat les claus al guardià del museu. Comparant les dents de cada clau amb el forat del pany, trobarà la clau que obre la galeria principal.

I tu, saps de quina clau es tracta?

núm. 67

LA DESAPARICIÓ

Sherlock Holmes no sap què li han robat. Per descobrir-ho, ha de col·locar les paraules del seu bloc de notes als mots encreuats i després fixar-se en les lletres de les caselles de color.

El pots ajudar?

TELÈFON
PENJOLL
RELLOTGE
GERRA
MEDALLÓ

PISTA
Fixa't en el nombre de lletres de cada paraula.

L'objecte robat és una:

SOLUCIÓ P. 94

PRESONERS

núm. 68

Tots els presoners tenen assignat un número d'identificació. El vigilant els col·loca en triangle per tal que cada número es correspongui amb la suma dels dos que hi ha just a sota.

Pots ajudar el guardià a completar els uniformes?

SOLUCIÓ P. 94

CAFÈ

La senyora Hudson ha vessat el cafè per sobre del missatge que ha enviat l'inspector Lestrade. Per entendre el missatge, Sherlock Holmes ha de substituir cada taca per la lletra que correspon.

Ajuda el detectiu a llegir aquesta carta.

ESTRANY

El policia està molt nerviós, perquè ha vist el culpable. Però s'embarbussa i l'inspector no entén res del que diu.

PISTA
És un joc de paraules... A casa seva hi ha una gran piuladissa.

És la que té un ocell que vola en l'aire.

A parer teu, l'inspector ho ha entès bé?

SOLUCIÓ P. 95

PRESENTACIÓ

núm. 71

Al professor Moriarty no li cal fer les presentacions de la nova incorporació. Es tracta de la germana del seu propi fill.

Has esbrinat quina relació de parentesc té amb el professor?

SOLUCIÓ P. 95

TOT ESPERANT

Mentre esperen entrar en acció, els dos còmplices juguen una partida de dards. La Lulú llança el primer i el clava al 6. Té com a objectiu sumar un total de 28 punts. Li queden dos dards que s'han de clavar en dos sectors de colors diferents. Tingues en compte que els dards no poden ser ni en un mateix sector ni en dos sectors veïns.

On els ha de clavar?

SOLUCIÓ P. 95

TROBALLA

núm. 73

Sherlock Holmes explica al doctor Watson que ha localitzat unes joies. Per indicar-li en quin país es troben, això és el que li diu el detectiu:

> El meu primer és, popularment, un estri per escriure,

> El meu segon és un camí romà,

> El meu conjunt és un país de l'Amèrica del Sud,

> És allà on es van trobar les joies.

On eren amagades les joies?

SOLUCIÓ P. 95

FLASCONS

núm. 74

El doctor Watson té cinc flascons on guarda els medicaments. Els ha d'ordenar de la manera correcta i sap que:

• Les pastilles són entre els granulats i els comprimits.
• Les dragees no són al costat de les pastilles ni dels granulats.
• Les ampul·les són a l'últim flascó començant per la dreta, just al costat de les dragees.

Ajuda el doctor Watson per tal que no s'equivoqui!

PASTILLES — 2
DRAGEES — 4
GRANULATS — 1
AMPUL·LES — 5
COMPRIMITS — 3

SOLUCIÓ P. 95

núm. 75

CLINC

En tornar a casa, mister Smith descobreix que s'ha trencat alguna cosa. Truca per telèfon a la policia i els explica que la matèria amb què està fet l'objecte trencat també la tenen les ulleres, el mirall, el got i la bombeta.

Saps quin és l'objecte que s'ha trencat? Encercla'l!

SOLUCIÓ P. 95

PÈRDUA

núm. 76

L'inspector Lestrade ha perdut la placa policial però, sobre la tauleta de nit, ha trobat un paper estripat. Un cop reunides les paraules de la llista, li sobren tres trossos, que indiquen el lloc on ha guardat la seva preciosa placa. Ajuda'l i troba la paraula que no forma part de la llista següent.

Armari - Calaix - Rebost - Prestatge - Vitrina

SOLUCIÓ P. 95

FUGA

Un testimoni explica a Sherlock Holmes el que acaba de veure.
Per entendre el que diu, desxifra el jeroglífic.

ALERTA

Han trucat a Sherlock Holmes amb caràcter d'urgència des de Scotland Yard. No li han telefonat la vigília de dimarts ni la de dijous ni la de divendres o de diumenge. Tampoc l'endemà de dilluns o de dijous.

Quin dia li han trucat?

SOLUCIÓ P. 95

LA MILLOR CUINERA

La senyora Hudson prepara el dinar per al doctor Watson i Sherlock Holmes. Agafa un ou, una mica de sal, una pera, sucre, farina i...

Què li falta a la recepta? Maduixa o mandarina?

PISTA
Compta el nombre de lletres que té cada ingredient.

QUI ÉS EL CULPABLE?

núm. 80

El culpable d'assaltar la pobra lady Pope es troba precisament entre aquests sis sospitosos.
En Toby s'acosta a un d'ells i borda. Ha ensumat alguna cosa.
Qui creus que és el culpable, segons en Toby?

Pistes:
El culpable no duu ulleres.
No és el que es troba més a prop de la porta.
Porta una joia.
No és calb ni duu barba.

SOLUCIÓ P. 95

SOLUCIONS

Enigma 1 p. 6
Mary l'apunyalà (Mar-y-nota la-punyal-a).

Enigma 2 p. 7
«Ens veiem davant de la comissaria després de dinar».

Enigma 3 p. 8
Moriarty es va escapar per les golfes.

	1	G	A	R	A	T	G	E			
	2	L	A	V	A	B	O				
			3	B	A	L	C	O			
				4	F	I	N	E	S	T	R	A
	5	C	E	L	L	E	R				
				6	S	A	L	O			

Enigma 4 p. 9
Sherlock Holmes i Watson marxen a Estocolm (es-toc-olm).

Enigma 5 p. 10
Els bitllets són sota la catifa.

Enigma 6 p. 11
Els dards s'han de clavar als sectors 6 i 14 atès que:
19 + 6 + 14 = 39.

Enigma 7 p. 12
El professor ha posat rumb a Amèrica (Amè-rica).

Enigma 8 p. 13
El crim ha tingut lloc a la cuina.

					R			
					E			
					L	U		F
C					L	L		U
A					O	L		N
T	E	C	L	A	T	E		D
I				G	E	R	R	A
F				E		E		
A						S		

86

Enigma 9 p. 14
Es tracta de la forquilla.

Enigma 10 p. 15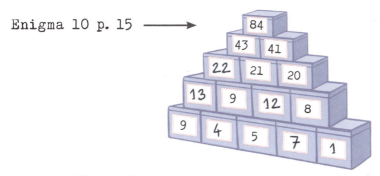

Enigma 11 p. 16
El nou sospitós és la mare de la família. Efectivament, les lletres
M - A - M - A són les inicials dels mesos de l'any (març, abril, maig, agost)
que completen la seqüència: G - F - **M** - **A** - **M** - J - J - **A** - S - O - N - D.

Enigma 12 p. 17
És la seva neboda.

Enigma 13 p. 18
És lampista.

Enigma 14 p. 19
Només una: Watson! El doctor es creua amb els policies de camí
cap a l'estació, per tant ells no hi van; ells en venen.

Enigma 15 p. 20
Prohibit baixar a la piscina.
(prohibit-baixar-a-nota la-piscina).

Enigma 16 p. 21
Són les empremtes 4 i 8.

Enigma 17 p. 22
Serà un dijous.

Enigma 18 p. 23
A-3. B-4. C-1. D-2.

Enigma 19 p. 24
És la meitat D. Les altres meitats formen quatre gerros: A-3, B-1, C-4 i E-2.

Enigma 20 p. 25
És el personatge núm. 5.

Enigma 21 p. 26
Es tracta de les tisores.

Enigma 22 p. 27
Sherlock Holmes ha de buscar una persona que porta diferents perruques.

Enigma 23 p. 28
El plànol correcte és el C.

Enigma 24 p. 29
La pedra bona és la de color blau: el safir. ⟶

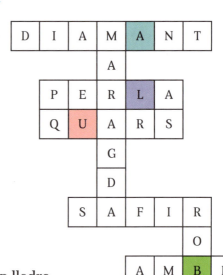

Enigma 25 p. 30
El testimoni no es refereix a cap lladre de carteres o de cartes.
Parla d'un carter.

Enigma 26 p. 31
El lladre entrarà quan el guardià s'adormi.

Enigma 27 p. 32
O - S = os.
Són les inicials dels números en anglès que completen la sèrie:
One - Two - Three - Four - Five - **Six** - Seven - Eight - Nine - Ten.

Enigma 28 p. 33
Moriarty guanyarà 161 lliures esterlines.

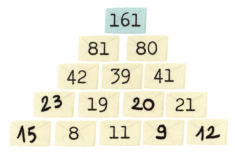

Enigma 29 p. 34
És el seu germà.

Enigma 30 p. 35
El culpable és el pintor.

						1	P	O	R	T	E	R
				2	L	U	T	I	E	R		
	3	C	A	N	T	A	N	T				
	4	A	R	T	I	S	T	A				
5	E	S	C	U	L	T	O	R				
				6	F	E	R	R	E	R		

Enigma 31 p. 36

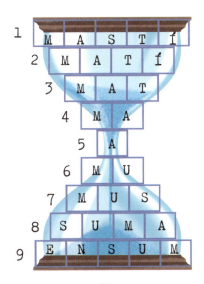

Enigma 32 p. 37
Com que el foc dobla l'extensió cada hora que passa i la meitat de la ciutat ja ha quedat devastada, només caldrà una hora per tal que tota la ciutat es cremi... Tret que els bombers puguin apagar el foc abans, evidentment!

Enigma 33 p. 38
És la clau núm. 2.

Enigma 34 p. 39
Es tracta de la lletra O.

Enigma 35 p. 40
Ha de seguir la pista del jardí.

Enigma 36 p. 41
Serà diumenge. Tota la resta de dies acaben amb essa i el dissabte en té dues al mig.

Enigma 37 p. 42
Dona la capsa mentre telefona
(Dona – nota la – cap – as [invertit] – ment [cervell] -nota re – telèfon – lletra A)

Enigma 38 p. 43
Hi haurà 4 nusos a la corda.

Enigma 39 p. 44
És una cova falsa perquè no hi havia dinosaures a l'època dels homes de les cavernes. Per això no els van poder pintar mai!

Enigma 40 p. 45
En Toby ha trobat un rellotge.

1	M	A	R	C	A		
2	E	M	P	R	E	M	T	A
3	S	E	N	Y	A	L	
4	D	E	T	A	L	L	
		5	P	R	O	V	A
	6	P	I	S	T	A	
				7	G	E	S	T
8	R	A	S	T	R	E	

Enigma 41 p. 46
La cita amb l'inspector s'ha diferit a demà.

Enigma 42 p. 47
Itàlia (I – ta – lia).

Enigma 43 p. 48
Ha perdut una bota.

Enigma 44 p. 49
Al paper hi havia escrit:
«Ens veiem al pati per jugar a cartes?».

Enigma 45 p. 50
La còmplice és mecànica.

Enigma 46 p. 51
La pista s'amaga en un atles.

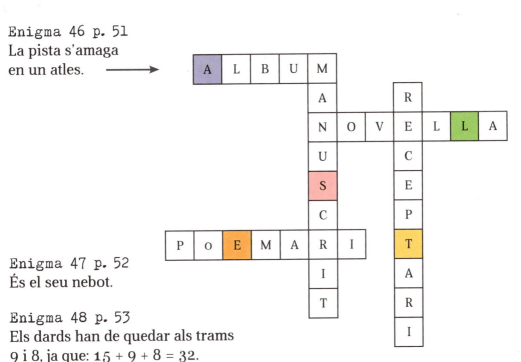

Enigma 47 p. 52
És el seu nebot.

Enigma 48 p. 53
Els dards han de quedar als trams
9 i 8, ja que: 15 + 9 + 8 = 32.

Enigma 49 p. 54
Farà servir l'embut, ja que cada estri té una lletra menys que l'anterior.

Enigma 50 p. 55
A-4. B-1. C-2. D-3.

Enigma 51 p. 56

Enigma 52 p. 57
Són les petjades 5 i 7.

Enigma 53 p. 58
Cal detenir el tercer. El primer menteix, per la qual cosa no és el segon.
El segon menteix, així que tampoc no és ell. El tercer menteix,
per això no és el primer.

Enigma 54 p. 59
No té misteri, trobarà la culpable a la planta baixa
(No-T-mister-I-t-roba-rà-la-cul-pa-ble-a-la-planta baixa).

Enigma 55 p. 60
És el tros B.

Enigma 56 p. 61
«EL LLADRE DE JOIES VIU A LA CASA DEL COSTAT».

Enigma 57 p. 62
Serà dijous.

Enigma 58 p. 63
D'esquerra a dreta: Peti - Toti - Tatu - Papu - Poti.

Enigma 59 p. 64
En Sherlock havia extraviat el barret.

		1	B	U	F	A	N	D	A
		2	A	N	E	L	L		
		3	A	R	M	I	L	L	A
	4	C	O	R	B	A	T	A	
5	T	I	N	T	E	R			
6	G	U	A	N	T	S			

Enigma 60 p. 65
És la sabata, ja que totes les pistes segueixen una seqüència lògica: la inicial de cada una segueix l'ordre alfabètic.

Enigma 61 p. 66
És el plànol D.

Enigma 62 p. 67
Són les tisores.

Enigma 63 p. 68
«Aigua» és dins de les paraules «aiguardent» i «aiguarràs», però no al mot «colònia». Watson ha anat a buscar aigua.

Enigma 64 p. 69

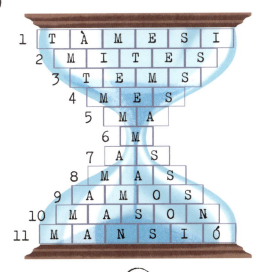

Enigma 65 p. 70
Ens veiem a la porta de la sortida de l'església (cal substituir cada número per la lletra corresponent a l'ordre alfabètic).

Enigma 66 p. 71
És la clau A.

Enigma 67 p. 72
Li han robat una maleta. ⟶

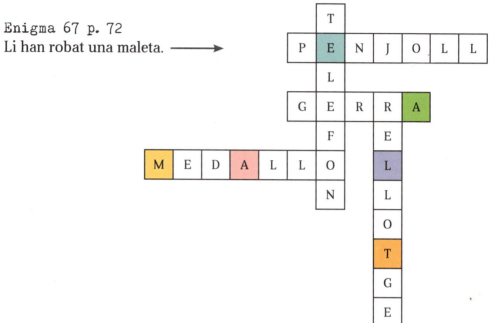

Enigma 68 p. 73

Enigma 69 p. 74
Hem trobat el rastre de Moriarty.

Enigma 70 p. 75
Sí, ho ha entès perfectament, i és que el testimoni no es refereix a cap espècie d'ocell estrany. Es tracta d'una persona que és ocellaire (ocell-aire)!

Enigma 71 p. 76
És la seva filla.

Enigma 72 p. 77
Els dards s'han de clavar als sectors 15 i 7, atès que:
6 + 15 + 7 = 28.

Enigma 73 p. 78
Bolívia (boli-via).

Enigma 74 p. 79
D'esquerra a dreta: 1. Granulats - 2. Pastilles - 3. Comprimits - 4. Dragees - 5. Ampul·les.

Enigma 75 p. 80
S'ha trencat la finestra, feta de vidre com el mirall, les ulleres, la bombeta i el got.

Enigma 76 p. 81
Senzillament duu la placa a la butxaca.

Enigma 77 p. 82
Dos atracadors corrent cap al bosc
(dos-carta [invertida]-a-dors-cor-nota re-nt-cap-nota la [invertida]-bosc).

Enigma 78 p. 83
Diumenge.

Enigma 79 p. 84
Una maduixa, ja que se segueix una seqüència lògica: cada ingredient té una lletra més que l'anterior.

Enigma 80 p. 85
El culpable és l'home amb armilla groga i camisa taronja.

Si t'agraden els enigmes de Sherlock Holmes i el seus amics, en tens 80 més en un altre volum!

EDICIÓ ORIGINAL

Direcció de la publicació: Sophie Chanourdie
Edició: Magali Corbel
Maquetació: Agathe Farnault

EDICIÓ CATALANA

Direcció editorial: Jordi Induráin Pons
Edició: Emili López i Tossas
Traducció: Cisco Figueroba Rubio
Correcció: Meritxell Subirana Font
Maquetació, preimpressió i adaptació de la coberta: Víctor Gomollón

© Éditions Larousse, 2017
© LAROUSSE EDITORIAL, 2018
Rosa Sensat, 9-11, 3.ª planta · 08005 Barcelona
Tel. 93 241 35 05
larousse@larousse.es · www.larousse.es
facebook.com/larousse.es · @Larousse_ESP
Tots els drets reservats.

ISBN: 978-84-17720-15-5
Dipòsit legal: B-28755-2018

Imprès a la Xina
1E1I